KB170442

RAINBOW | 100

존재의 중력

김영곤 시집

본 도서는 충청남도, 충남문화재단의 후원으로
발간되었습니다.

초판 발행 2022년 10월 28일
지은이 김영곤
펴낸이 안창현 **펴낸곳** 코드미디어
북 디자인 Micky Ahn **교정 교열** 민혜정
등록 2001년 3월 7일
등록번호 제 25100-2001-5호
주소 서울시 은평구 갈현로 318-1 1층
전화 02-6326-1402 **팩스** 02-388-1302
전자우편 codmedia@codmedia.com

ISBN 979-11-89690-79-3 03810

정가 12,000원

존재의 중력 | 김영곤 시집

詩人의 말

바깥에 상자가 있고
내부의 상자도 있다

끝없이 열어 밝혔지만
아직 미궁의 상자였다

2022년 10월

김영곤

차례

2부

손은 감정을 숨기기에 좋은 악보

3부

귀퉁이로 다 쏟아져버린 사람들

4부

화살촉을 입에 문 새로운 얼굴들이 자라고 있다

온 밤이 보이지 않을 때까지
이 작은 바늘 하나로 꿰매다 보면
잃어버린 웃음마저 미어터지리라

-「구멍」 중에서

1부

태양이 높이 떴으나
한없이 어두워질 때

새벽

물류센터 컨베이어로부터
들들들 떼로 몰려오는 상자들 중에
광주-새와 광주-벽만 포획해서
지금 여기에 적재해야 한다
양팔 넓이의 팔레트 위에

새들이 쌓인다
벽 위에 벽 아래에 벽 옆에
무릎 꿇린 새들과 부리 빠진 새들이 있다
침묵보다 무겁게 병든

벽들이 옥죈다
새 위에 새 아래의 새 옆에
맹목적으로 깨지기 쉬운 벽들이 있다
담쟁이 하나 자라지 못하는
닫힌 방을 품고 사는

트럭에 실린
광주의 새벽은

언제나 밤이 가장 깊을 때 배송이 시작된다

밤의 어둠을 꺼내먹는 올빼미의 눈빛

한 집도 빠짐없이

벽 속의 새를

새 속의 벽을 풀어주는

밤이라는 상자

태양이 높이 떴으나 한없이 어두워질 때
밤이라는 상자에 포장된다
상자 속의 상자를 더듬으면
상자 속의 상자 속의 상자를 열어젖히면
산 채로 매장된 귀퉁이들이 만져진다

도시로 추방된 악어 이빨과
수취인 불명의 얼굴들
파손 주의 스티커가 붙어 있다
태양이 죽었으나 한없이 밝아질 때
밤낮이라는 상자에 포장된다

더러는 인간에 물린 상자들
더러는 마법에 걸린 라벨들
몇몇 무리만이 경계를 벗어나
밤 너머의 바깥에서
껍질의 내용을 수거하고 있다

우거진 손

손이 우거질수록 상자들이 만개하네
구멍 뚫려 있어도 좋아
터널이 울창해질수록 꽃잎들이 붐비네
단번에 손목 잘려나가도 좋아

가파르게 던져지는 나를 보네
무아지경 반복해서 떨어지지만
한 번도 지루했던 적이 없었네
폭우 같은 상자를 적재하느라

손을 놓고 아파할 틈도 없네
두렵고도 경이로운 장면이 있다면
손톱이 낡아 바스러지는 순간
이미 나는 활시위를 떠났다네

끈덕진 과녁의 시간을 떨구려
팔랑팔랑 손을 흔드는 것이네
흔들림에 몰입하는 한
나는 아침 햇살로 만발하네

순간의 중력

혼자라고 확신되는 순간
비로소 나를 켠다
신을 뱉어버린 그림자가 웃자라 있다

푸른 초장과 쉴 만한 물가, 그 비문에
빨려 들어 질긴 그림자와 풀을 뜯는 양떼들

기계류의 시간을 뜯어먹다가
불현듯 쇠맛 나는 사과란 걸 전율하는 순간
그 순간의 중력으로

양털에 잠겼던 쓸모를 맹렬히 잃어버리고
바스러진 비탈에 나를 풀어놓으면

몸은 자연의 것
무의식은 우주의 것
내게서 야생 사과의 피가 흐른다

더 이상 쓸모를 걱정하지 않아도 된다

누군가 신이 되려는 듯

선의 세계를 다시 창조하려는 듯
느닷없이 사과의 맛으로
나는 첫 사람이 된다

상자 인간

비가 오면 상자를 만든다 우산 아래 비가 오면 허공의 상자를 만든다 우산 아래 쏟아지는 빗줄기를 막기 위해 모서리를 세운다 비가 오면 지금 눈앞에 상자가 펼쳐진다 우산 아래 상자 속으로 들어간다 폭우가 들이닥쳐도 상자는 걸어간다 바닥 치는 빗물에 발목 물어 뜯겨도 두 눈을 부릅뜬다 뒤집힌 우산처럼 움푹 파인 웅덩이로 변해도 상자는 길을 건넌다 사방에 컨베이어 폭주하는 소리 빗발쳐도 상자는 제 힘으로 길을 여닫는다 테이프로 봉한 입이 뜯기기 전까지

소리의 빛

햇살의 껍질을 벗겨내자
가녀린 풀잎 사이로 밀려드는 소리들
발바닥을 타고 찌르르 우는 그림자의 소리들

소리는 판에 박힌 길을 걷지 않는다 발자국이 이끄는 데로 길이 열린다 소리는, 올라갈수록 다시 굴러 떨어진다 풀과 벌레의 경계를 허무는 원점이므로

잃을 게 많아야 우월한 종족이다
어두울수록 더욱 귀에 눈부시는 소리
모든 풀벌레들에겐 어둠이 빛이다

가위의 존재론

힘센 바위를 자르기 위해 나는 태어났지만
늘 실패했지 번번이 나의 이가 빠졌지
너의 살갗을 도려내느라 지옥 같던 날들이
자라나지 내 머리보다 무거운 바윗돌이

나는 태어나지 나무의 옆구리에서
가위들을 뜯어내며 자랐지 내 머리에서
날 선 가위가 바윗돌 벼랑을 자르다가
날이 다 닳도록 자라다 보면
비로소 천 개의 잎새들이 완성되지

천 개의 이름으로 갈라진 춤을 추었지
함부로 잘려나갔던 텅 빈 주검들
그 들끓는 충만한 힘줄로 뛰놀았지
끝없이 펼쳐진 평평한 초원 위에서
박수의 가위질이 끊기지 않았으므로

다시 사라졌지 수천 개의 꽃잎들까지
닳아버린 날들로 싹둑싹둑 다 잘라냈지

입을 열 때마다 ×로 삐걱댔으므로

견고하게 닫아건 가새바위가 되었지

인형극

플레이를 누르면 음악과 대사가 흐른다
말은 말대로 움직이고
인형은 인형대로 활동한다

대본에 익숙치 않는 초보자에겐
대사가 번쩍인 다음에야
부랴부랴 뒤따라 움직인다
매 순간 다음의 명령을 초조하게 기다린다

발 빠른 말을 전력으로 맹신하면
움직임과 복종을 휘갈기느라 바쁘다
대본을 기억하는 일이 서툴수록
점점 인형의 집에 거처하게 된다

어느 날 문득 수천 개의 깊이에서
왜라는 물음이 소용돌이칠 때
겹겹이 벗겨낸 나를 우연히 만났을 때
그만큼 시린 물이 흘러넘치는 얼굴에 잠겼을 때

이윽고 인형은 말을 이끌고 활개 친다
내 손목을 잡아끌며 스스로 작동한다
나의 할 일은 그들을 자유롭게 놓아주는 것
무대 바깥의 낮은 자리에는
수많은 어린 인형들이 즐비하다

구멍

꿰매고 싶다
나를 잠시 열고서야 모서리에 찢긴 삶이
훤히 들여다보이는 구멍 난 옷

왜 이렇게 되었을까
어저께 일어난 지진 때문이었을까
팔천 명의 목숨이 갈라진 구멍 속으로 사라지고
오십만 채의 집이 낙엽처럼 떨어진 네팔의 작은 마을

송곳 같은 눈물 토해 몸에 달라붙는 피를 씻기는
여인을 보며, 흙 묻은 신발 한 짝에 얼굴을 묻는
여인을 보며, 부르면 금방 꽃필 것 같은 이름을 허공뼈에 새기는
당신을 보며, 살아있는 게 미안하다

옷을 찢고 자신을 찢는
당신의 너무나 오래된 뒷모습에서 절벽을 보며
문득, 지진처럼 찢겼던 나를 떠올린다

꿰매고 싶다

펄펄 끓는 절망으로 담금질한 바늘
그 바늘구멍에 끊겼던 세월을 다시 이어 끼운다
고요만 자우룩한 나뭇가지마다 따뜻한 촛불 밝혀놓고

온 밤이 보이지 않을 때까지
이 작은 바늘 하나로 꿰매다 보면
잃어버린 웃음마저 미어터지리라

귀향

네게로 트인 길은 너무 부셔 슬프다

시동 끄고 내리면 곧바로 네 가슴인데

발치에 뚝 떨어지는 시시포스 바윗돌

우리는 진심으로 사랑한 적 있을까

집 나간 내 마음을 되찾을 수 있을까

그리움 맨 밑바닥을 천애까지 궁굴린다

네게로 향한 길은 내 안으로 들어가는 일

쳇바퀴 풀어헤치고 또다시 질주한다

세상의 모든 길은 옛길에서 완성되리니

에칭, 선의 세계

가면을 쓰자마자 두 여인은 암전이다
서로의 위선들을 바늘로 죄 할퀼 때
상처는 입을 막은 채
안 아픈 시늉이다

가장 아픈 색깔은 부식되지 않는 말들
아무리 긁어내도 골짝은 꿈쩍 않고
선들은 참지 못하고
아침햇살 펴 나르고

굵고 짧은 선이 모여 두 여인을 발굴한다
눌어붙은 감정들을 송두리째 걷어내자
두 여인 손을 잡는다
선이 불끈 돋는다

점

잎
꽃잎
벚꽃잎
내 꽃잎들
절벽 끝에 서서
하얀 꽃잎 하나씩
제힘으로 톡, 따서
제힘으로 밀고 간다
하나 또 하나
허공을 쪼개며 찢어진다
열다섯 열여섯
자주 물에 빠졌고 떠오르지 않는 기억이 있다
스물일곱 스물여덟
꽃잎, 점점 사방으로 푸르고 세차게 밀고 간다
사십팔 사십구
꽃잎, 부쩍 이슬을 뻘뻘 많이 흘린다
육십 육십하나
점점 주름이 무거워진 꽃잎, 허공이 조금씩 밀어준다

칠십, 칠십다섯, 팔십, 구십, 백하나
마지막 꽃잎, 내 이마에 새하얀 점 하나 유서처럼 남긴다
허공이 닫히고
허기진 벚나무는 버찌를 굽기 시작한다
째깍째깍
우주 시간의 한 점이 나를 지나 점점 멀어지고 있다

선한 자여, 천사 같은 붉은머리오목눈이여
너를 사랑한다 내 몸처럼
너의 거룩한 노동의 둥지에 내 알을 바친다
기다렸다는 듯 야수의 상자를 품던 너의
뜨거운 눈을 잊을 수가 없어

–「뻐꾸기의 독백」 중에서

2부

손은 감정을 숨기기에 좋은 악보

수선화

물속에서 보았던 새하얀 꽃잎들
그 위에다 황금빛 상자를 만드네
무거울수록 높아지는 갈채

그 속에는 한겨울을 독기로 버티던
고통의 새싹으로 맹렬한데
구경거리에 목마른 시선들
봄을 앞당기느라 상자를 세우네

치밀하게 조각된 화관의 형상으로
위험하지 않을 이름이
물로 이름을 지어 포개어 놓았네

환호하는 그들이 나인 듯하여
끝없이 상자를 지어 나르네
시간이 떼어지지 않는 동안 멈출 수가 없네

끝내 다 써버린 고통이 풀려나가
나를 파지하는 흙의 날이 오면

비로소 나는 잠기네

땅속 깊이 은밀히 밀봉하던
상자의 갈채 속으로

상자의 얼굴

벚나무 가지에 종이 매달려 있다
울리지 못했던 종소리들이
상자 속으로 은폐된 지 너무 오래되었다
겨울이 지나면 겨울이 도착했다
무너지는 게임에 길들여지면서
땅속으로 웃음기를 파묻고
적막한 문장으로만 파문지다가

세 번째 겨울을 맞이하고서야 봄이 왔다
멀리서 왁자지껄 솟구쳐 올라오는
아이들의 웃음소리에 깨어난 종소리
뎅뎅뎅뎅 허공으로
수천 갈래의 뿌리로 뻗어나간다
아이들의 놀이에 가장 먼저 닿아
얼굴의 꽃이 되고 언어가 된 것이다

그것은 상자의 맹아와도 같아서
통증이 맹렬하면 할수록
더 멀리 울려 퍼지는 종소리의 기원

언제나 무르익은 고통이다
좀처럼 잡히지 않는 웃음을 찾아
먼 길 떠난 종소리는 돌아오지 않는다
나의 얼굴을 발견하지 못했으므로

상자의 존재론

상자가 먼저 테이블에 앉는다

누군가가 풍선을 꺼내 불면
점점 부풀어 오르는 비밀
입구를 뒤틀어 봉인하고
시간을 초월한 비둘기를 그린다

일제히 몰려드는 시선에 따라
상자 위로 올린 비둘기 풍선
긴 송곳으로 열어젖히려는 찰나
화들짝 날아간다 다시
힘겹게 움켜잡으려는 순간

날개 푸덕이며 뒷걸음치는 비둘기
하지만 더 멀리 날아가진 않는다
바깥으로 들어가는 출구가 더 막막한지
스스로 손아귀로 찾아와서
파르라니 상자 위로 웅크린다

또다시 번쩍이며 내리꽂히는 송곳
펑 터지자마자 순식간에
나타나는, 살아있는 비둘기
와! 갈채가 울려 퍼지는 가운데

오직 상자만이 시동을 끄고
무덤 곁에 머물러 있다
무사히 은밀하게 총알 납품했으니
그나마 낯설지 않은 하루였다

상자

상자는 비둘기가 출몰하는 주요 서식지였다
지팡이를 짚어도 책을 펼쳐도 모자만 뒤집어도
신발 한 짝 잃어도 손수건에 몰래 피를 묻혀도
새는 마법처럼 나타나 솟구쳤다
물고 있던 올리브 잎은 따도 떼어도 다시 생겼다

오래가지 않았다
매운 부리에 물렸는지 부리부리한 눈매에 질렸는지

까만 상자 속에 앉아 오래 면벽이다
뚫려 있던 구멍 사이사이
예리한 칼날이 노려보며 하나씩 칼을 꽂는다
아프지 않다 이미 뚫려 있었으므로

한참 모퉁이를 휘돌고 나서
침묵처럼 벼린 칼을 뽑아낸다 피가 묻어나지 않는다
이미 쏟아져 있었으므로
상자 속에 새를 꺼낸다 저건 가짜일 거야
새를 아이들 손에 올려준다 이거 진짜 아니죠?

새를 날린다

잠시 반짝이는 안간힘

새는 자신이 새가 아닐 수도 있다고 믿는다

상자 천장을 열어두어도

마지막 전력을 다한 몸짓으로 고여 있다

연극배우

관객들의 시선이 맹렬한 무대
너는 마술사, 난 너였던 적이 있으나 너와 다르다
불꽃을 장미꽃으로 변신시킨 너는
사랑을 입에 문 얼굴로
날 응시하지만 보고 있지 않다

신들린 연기로 나를 상자 속에 넣은 다음
거울로 바꾼 너는
거울을 보며 독백한다
왜 나를 기다리기만 하고 내게로 오지 않냐고

왜 나를 떠나면서 잠시도 떠나지 않냐고
왜 내 다락방에서 몰래 살아가고 있냐고 묻지만
난 여전히 너에게 있다
하지만 금세 불안에 견인된다

찌르고 찔리는 데 능숙한
눈물짓는 능력이 마비된
고슴도치 같은 관객들이
무대에 빠르게 싫증을 느낄까 봐

더 두려워지기 전에
더 어두워지기 전에
그들이 바라는 등장인물을 더 많이 길러야 한다

진심일까 연기일까
내가 나라는 사실이 상자 속에 사라져가고
점점 진짜 마법사라고 믿는다
주문을 욀 때마다 난

하나의 여럿으로 출연하며 무수해진다
그 순간, 두려움이 어쩔 수 없이
일인칭의 나를 놓아준다
두려움이 무기력해질까 봐

협주곡

손은 감정을 숨기기에 좋은 악보다
부드러운 마술사의 손길에서
갑자기 음표처럼 모습을 드러낸다
너무 팽팽하게 튕겨지던
보이지 않던 하트 카드 한 장

한 번도 붉은 리듬으로 발화하지 못했던
엇박의 첼로 선율이 흐르기 시작한다
음이탈할까 봐 정박으로 죄어오는 다섯 손가락
기어이 오선지의 지붕을 뚫고
허공 높이 치솟아 오르는 하트 카드

지휘자조차 감상에 골몰해야 하는
바로 지금이 카덴차의 시간이다
오케스트라의 반주도 하나 없이
하트 카드는 자기만의 악기로
감정이 이끄는 대로 연주해야 한다

손에 쥔 마지막 카드까지 다 잃어버리고
맥박 뛰는 당신에게 닿을 때까지

전율과 떨림으로 껴안은 누군가의 목덜미
너무 왁자하게 울리느라
함께 팽글팽글 빨라지기 시작한다

발톱

안에는 컴컴한 괄호가 산다
새가 꽉 조여진 채
어둠의 틈새를 쪼고 있다

팽팽한 괄호 너머로 새 한 마리 놓치는 순간
아무도 도망가지 않는다
꽂히고 싶어 우르르 과녁이 된다
아무도 아파하지 않는다

저마다 화살을 품고 있다
더러 생살이거나
더러 녹슬거나 독성을 견디는 중이다

심장에 있던 새를 당겨 올리는 순간
목이 꺾인 채 미동조차 없는 그녀
너무 팽팽히 겨눈 탓이다

한 번도 전속력으로 날아보지 못했다
툭하면 제 몸을 쏘아 멀리 보냈지만
언제나 쇠맛 나는 자기를 삼켰다
시위를 당기는 발톱이 팽팽하다

숨은 신

신을 두고 온 것을 뒤늦게 알았다
다시 돌아가야 했다
오늘은 신이 등장해야 하는 공연이라
반드시 신이 필요한 순간이므로

신을 찾거나 부르는 이들이 사라졌다
신 한 짝 없다는 걸 알아챈 가시밭길
심히 불편하므로 창고에 방치했다
가끔 신을 필요로 하는 사람들이 있어
그때 잠깐 신을 꺼낼 뿐이었다

무대에 있는 동안 잠깐 간절하던 사람들
돌아서면 곧 자기 신을 신고 고쳐 신는다
차 안에는 땀내 나는 얼굴들이 수두룩하다
타인들에게 복면 쓴 얼굴로 돌아다니느라
기웃기웃 너무 하얗게 닳아버린 인형들

이디에도 신을 대체할 만한 인형이 없다
고귀한 사람들은 헌 신을 싫어하므로
헌 신에게 은밀히 파묻었던 녹슨 못까지
오래 숨겨둔 자신의 손목을 뚫고 나오므로

얼굴 없는 결혼

와인이 맛있다고 느껴지는 건
그 향기 때문이라는데
너에게서 그 맛이 난다

수백 개의 숙성된 못 자국이 자라다가
잔 너머로 흘러넘친다
그 핏빛 눈물의 향기를 가로지르는
기차의 소리가 얼비쳤다

청첩장에는 얼굴이 없는 와인잔이 어색하게 마주 앉아 있다 얼굴을 도려낸 와인빛 생피, 서로에게 너무 많은 못을 팔았다

기차가 못 박히듯 터널로 사라질 때마다
뾰족한 향기가 맛있게 부서진다

야생

거울 앞에서 가끔 누구냐고 묻는다
낯선 진흙을 면도하고 있는 나를 보고

어쩌면 그는
에덴의 사과를 베어 먹다 모자를 놓아주었을 것이다

모자는 그의 손이 빚는 대로 그대로 이루어지는 곳
아무리 써도 모자는 진흙 위에 있다

남자의 눈에서만 야생하는 모자

모자를 쓴다는 건 이마 위에 꽃을 기다린다는 것
세상의 모든 꽃들은 사실은 모자일지도 몰라

바람이 불자
진흙 냄새나는 사과나무가 일제히 모자를 내 이마에
씌워준다

진흙으로 내 얼굴을 완성한다

뻐꾸기의 독백

선한 자여, 천사 같은 붉은머리오목눈이여
너를 사랑한다 내 몸처럼
너의 거룩한 노동의 둥지에 내 알을 바친다
기다렸다는 듯 야수의 상자를 품던 너의
뜨거운 눈을 잊을 수가 없어

네가 끝없이 곁눈질해 오던 나의 날렵한 깃털,
화려한 색깔과 무늬만 맹금일 뿐
나는 머리 뒤흔드는 송충이를 먹고살지

선으로 악을 갚는 너의 둥근 시간에
연약한 너의 알들을 바깥으로 던지고
맹금의 깃털 같은 시곗바늘을 달아주었지

뻐꾹뻐꾹 고삐를 풀 때마다
짐을 짊어지러 깨어나지
오직 너만이 구멍을 구원한다는 믿음으로
활짝 휘황한 날개를 펼치지
연한 어린양 같은 너의 선함만큼

산란기계

병아리가 태어나자마자 부리부터 자른다
타인의 깃털을 쪼는 짓은
일관되지 않은 사회적 행위니까
손가락 절반을 싹둑 잘라내는 듯한
고통은 알을 낳고 알은 병아리를 낳는다
바야흐로 5개월이 지나면
공평하게 산란 자격증을 따낸다
또다시 햇빛을 자르고
비좁은 케이지 사육장으로 취업된다
있음이 어둡게 은폐될수록
대량의 알을 생산하고 알은 계를 받는다
가끔 날개를 펼치고 싶어질 때면
목욕하길 반복한다 모래도 없이
지금이 내가 나설 현신의 순간이므로
어둠 저편으로부터
시간의 모래가 햇살처럼 퍼붓고 있다

모서리로 버티던 시공의 틀을
접고 비로소 풀려난다
함부로 내던져진 바깥은

아무도 기억하지 않는 혼돈의 거리

-「내부의 바깥」 중에서

3부

귀퉁이로 다 쏟아져 버린 사람들

상자의 중력

블랙홀 같은 물류센터로 자진해서 빨려들어간 일용직들, 지역별로 하나씩 꽂힌다 차가운 컨베이어를 타고 상자들이 빠른 보폭으로 행차하신다 펄떡이며 터질 듯이 우우우 쏟아져 나오는 상자 상자들, 쌓고 쌓고 아무리 쌓아도 미어터지는 상자, 나를 놓쳐버린다 의식 한 귀퉁이가 닳아버린 일용직 상자, 손가락을 물어뜯긴다

상자가 떨어진다 맨바닥에 철퍼덕 눈물이 부서진다 깨진 거울이 신음소릴 낸다 예리한 감정으로 손목을 긋는 상자도 있다 컨베이어 틈에 끼어 실핏줄이 터지고 생피 철철 흘리는 상자 끝내 몸이 으깨져버린 상자. 인간은 가장 고통과 결핍을 잘 느끼는 능력을 갖고 태어난 짐승. 하지만 극한 고행보다 더 비참한 건 살처분 된다는 것. 나를 착취한다 불타버릴 때까지

바깥은 첨단으로 풍요로워지는데 일용직 상자들도 갈수록 더 수두룩하다 손가락 하나 싹둑 잘

려나가는 것보다 숟가락이 사라지는 것, 상자 속으로 출근 못 하는 걸 더 두려워하니까 상자가 끝이 없듯 빈 상자도 끝이 없으니까 상자에 서로 달라붙으려는 욕망은 영원하니까

내부의 바깥

무시로 비가 오는데
빈 껍데기가 된 사과 상자 하나
우산 없이 버려진다

버얼겋게 사과의 살로부터
송두리째 박탈당한 듯
검열도 없이 버려진다

모서리로 버티던 시공의 틀을
접고 비로소 풀려난다
함부로 내던져진 바깥은

아무도 기억하지 않는 혼돈의 거리
빗소리를 쓰고
한없이 제자리를 방랑한다

여기가 어디쯤인가요
지금 거기 있으나 어디에도 없는
당신의 헛헛한 응시가 무르익었다

나뭇가지 같은 주름진 손을 뻗으며
너무 멀리 소멸하기 전에
따뜻한 빈집에 들고 싶다

컨베이어 벨트

물류센터에는 너른 트랙처럼 펼쳐진
거대한 컨베이어 벨트가 있는데
상자들을 한 트럭씩 짊어지고
수천 개의 둥근 발을 곧추세운 당신이 있는데
땅, 하는 출발음과 동시에
미친 듯이 제자리만 달리면서
타인의 얼굴들이 자기 몸체를 찾을 때까지
지치지 않고 전달하는 당신이 있는데
너무 힘겨워서 탈주하는 상자들이 수두룩한데
바닥으로 이리저리 끌려다니며
끝없는 트랙을 달리다가
귀퉁이로 다 쏟아져버린 사람들은
내일도 당신을 간절히 찾는데
매일매일 출근 확정을 받아야 만날 수 있는

상자의 쓸모

무엇이든 모조리 깎고 자르며
사람을 꺼낸다 쓸모없는
부위가 담겨 있다 상자에는

가시덤불이 말끔히 정돈된
상자를 열고 사람을
담는다 마치 값비싼 상품처럼

아직도 한창 전쟁 중이어서
도처에 깔린 상자들 무더기
호기심으로 뜯어
버리고 싫증이 나면 취한다

더 흥미로운 상자가
실시간으로 배달되었다
거기 누가 있어요?

아무리 문 열어줘도
빠져나가지 않는다
누가 삭제하기 전까지는

우기

오백 일이 지나도록 이 비는 멈추지 않는다 점점 사나워진다 무대 스케줄로 꽃피우던 나의 바깥, 그 막다른 골목 귀퉁이마저 삼켰다 칼날 세운 시선이 하얗고 네모난 지붕 안쪽까지 빗발쳤다 우산처럼 뒤집히고 진흙 바닥에 나뒹구는 인간의 날씨에는 언제나 고독이 멈추지 않는다 점점 불안이 격렬해진다 쓸모없어진 본업을 접고 마지막 남은 상자를 열었다 보이지 않으나 한없이 태어나는 사라지지 않는 우산 하나

우산을 펼친다는 것
멈추게 하겠다는 것
우산도 외로워서 사람의 온기를 꽉 쥐려는가
내 손을 놓지 않는다

자주 몸이 찢기고 자주 뼈가 휘거나 부러지고
아침마다 손목 마비 소용돌이치고 밤마다 발목이 욱신거려도

누군가의 우산이 된다는 것
더 이상 접혀 있지 않겠다는 것
당신만은 젖지 않게 하겠다는 것
움켜쥔 손에서 온기가 마르지 않는다

오래된 기억

어느 초등학교의 장미 만발한 터널
줄기마다 가시 하나 없다
내 살과 피를 빻아 쌓아 올린 가시탑들
이건 틀린 구조물입니다

아이들에겐 치명적입니다
당신이 풀어놓은 집요한 간섭으로
표준 양식에 맞춰 차이를 허물며
시간의 바깥으로 다 떠내려 보내야 했다

나를 완전히 갈아 끼울 집이 필요해요
마침내 출구를 찾았는지
꽃잎들이 붉은 시동을 걸고 있다
일제히 나를 풀어 뛰어내린다

멈추지 않는 추락의 공포는 당신의 것
수북 쌓이는 꽃잎들의
번쩍이던 가시 기억들
겨울잠을 잔다

나를 떠받치는 생을 둘둘 말며
체온과 에너지와
시간의 안팎을 조율하고 있다
당신이 모르는 사이에

꿈결에서 아이들은 자주 묻는다
언제까지 죽어 있을 건가요?
언제쯤에야 가시에 찔린 나를 알아보나요?
가시 만발한 오래된 기억

웅크린 폐문으로 잘 덮어줄 것이다
나의 봄이 예리하게 깨어날 때까지

반지 도둑

널 만나러 간다
열흘 후에 만나자던 약속
기억의 때가 더께더께 엉겨 붙어 있다
갓 헤어졌던 여덟 살 아들 상봉하러
금강산에 발 디뎠지만
없었다 아무리 기다려도
넌 오지 않았다

붉고 낯선 시선 하나만
끝없이 내게로 타들어왔다
보얗게 번져오는 새파란 늙은이
빛바랜 내 의자로
이이는 누구야
연거푸 추궁처럼 물어봐도
이 늙은이가 내 아들이란다
내가 내 피붙이도 모를까 봐
……너,
넌, 내 새끼구나! 내가 이러려고 살아있었다
죽기 전에 보고 가는구먼. 그런데, 왜 안 왔어, 왜 찾아 오지 않았어, 왜,

왜, ……그런데, 이이는 누구야

벌써 영영 이별해야 한다는데
아직도 난 널 만나지 못했다
늪의 밑바닥 속 기억의 부스러기, 최후 불씨 지피자
꿈결인 듯 얼비치며 한가득 서 있는 너!
얼마나 찾았다고, 이 금반지 끼고 둥글게 살거라. 굶지 말고……
울음에 파묻힌 너를 보며
내겐 남겨진 눈물조차 없어
슬펐다, 재투성이 심장으로……
운다, 울고 있는 네가 점점 낯설어진다
날 위해 울지는 마
난 널 모르니까
넌 내게 한낱 금반지 도둑일 뿐
못난 에미 지우고 아파하지 마

두두

태초의 흙은 너무 먼 곳에 있다
시간은 사람을 대지 위에 부려놓고
째깍째깍 흙으로 돌아오길 기다린다

내가 왜 여기에 와 있는 거죠
끊임없이 되물었지만 시간은
초침 터널을 입에 물고
사람 한 타래, 심연으로 내던진다
한 번쯤은 이런 뼈아픈 감옥에 갇혀야 해

한 사람이 구석에 납작 붙어 울고 있다
내가 왜 자꾸 사라지나요, 묻다가 시간에 파묻힌다
눈에서 흙이 되지 못한 모래가루가 흐른다
손가락 사이로 가루가루 부서지는 눈물들
어떤 모래는 너무 단단해서 긁히며 울 수밖에 없다

다시 한 사람을 품으로 끌어당긴다 두두
여럿이 되어 딸려오는 흙빛 기억들
아기 냄새가 물씬 피어오르고
나는 도대체 누구인가요?
기억들이 흙이 될 때까지 시간은 놀이를 멈추지 않는다

불안이라는 올빼미

거대하고도 뭉툭한 얼굴은
어둠 속에서 더 잘 들려
안테나 같은 특수 깃털이 덮여 있어

소리도 없는 어둠을 향해
소용돌이를 일으키는
우아하고 부드러운 깃털

슬쩍 감춰진 부리부리한 발톱
보이지도 아무 데도 없는
얼굴을 빙글 돌리면

두 개의 검은 구멍이 뚫려 있지

달의 계곡

아무리 마셔도 갈증으로 타들어 가던 퇴근길
홀로 삼나무와 달이 보이는 길까지
까맣게 사라지도록 쏘다닌다
깨진 달빛에 푹푹 밟히며
까닭 없이 돌부리에 무릎 꿇리는

오래 떠돌다가 퇴적된 아타카마 사막의 길
그 사막이 품은 달의 계곡을 걷는다
세상에서 가장 메마른 황무지에서부터
밤만 되면 온기조차 잘려나가는
모래 언덕, 바로 거기서 만난다
밤마다 그물 치는 목마른 사람들
새벽이면 가득 잡혀 있는 안개의 입자들

한 모금 마시자마자
목마름이 해갈되는 생의 중력
하늘로 둥둥 떠오른다
태양 빛을 추수해서 빛 마른 세상에게 퍼주는
달의 계곡을 거닌다

그곳에서

이미 반은 나무의 얼굴이다 나를 보니 눈망울은 늘 젖어 있다 젖은 눈으로 벚나무를 본다 벚나무도 젖은 눈으로 나를 본다 나무 근처만 가면 자꾸 돋아나려고 한다

모르는 햇살들이 늑골의 가지 사이로 함부로 쏟아져 들어온다 모르는 손길이 나의 손가락 마디마디를 꽃잎을 활짝 열어젖힌다 젖은 종이가 다 떨어질 때까지 탁본한다 젖은 향기들이 흐드러지게 태어나고 모르는 나무가 되어간다 그곳에서

벚꽃이 나를 잘 알고 있다는 듯 반은 사람의 얼굴로 점점 나를 채우고 있다 점점 가득해지는 나를

흠뻑 젖은 꽃의 얼굴로 팔랑팔랑 나를 찾아오고 있다

번아웃

벽을 뚫는다, 속도를 얻는 만큼 터널이 많아진다
바깥에서 바깥으로 빠져나가기 위해
빛의 과녁이 보일 때까지
빠르게 나를 쏜다

날아가는 화살은 허공에 머물러 있고
집에 와서야 잠시 꽂힌다
속도를 벗기 위해 벗어놓는 신발엔
여전히 쫓기는 내가 담겨 있다

반쯤 타인의 얼굴에 갇힌 채
시간의 옆구리를 추월하려다가
점점 빨라진다, 내가 닳아지는 속도가
마침내 나를 다 써버린 날

부속품만 만져지고
아무 일도 일어나지 않는 날이 오면
아득한 거리에서 나를 읽는 날이 오면
그제서야 내 안에서 아프게 꿈틀거리는 그림자

생각을 마친 그가
불을 켜고
서서히 나의 바깥을 만들기 시작한다
비로소 사람 냄새나는 이름 한 조각

잠자는 얼굴

왜 우주에다 걸었나 살점 없는 저 얼굴들
체온 오천 도의 가스구름들*

그곳은 내가 버린 얼굴들이었으므로
사지를 다 잃은
먼지 거품으로만 견디는
터널 같은 눈동자 잿더미 같은 입술

묻고 싶었다, 언제쯤 이 얼굴을 멈출 수 있는지를

해골 윤곽이 설핏 보이는 건
소용돌이치는 블랙홀 때문

전속력으로 단번에 빨려들고 싶어요

그가 나를 겨눌 때마다
온전한 과녁이 되려고 뒤통수에 싱싱한 빛을 당겨
밝힌다
내가 잠깐씩 잠들 때마다 휘발되는
에베레스트산 질량의 절망들

* 페르세우스자리 은하단

서로의 시선으로부터 달아나려고
물소리를 틀어놓은 컨베이어를 타고
상자들이 떠내려 온다
오늘로 들이닥쳐
내일 어딘가에서 머물 것처럼

-「이방인」 중에서

4부

화살촉을 입에 문
새로운 얼굴들이
자라고 있다

비극적인, 너무나 비극적인

화석 문명의 동전은 살아있는 상자다 활화산에서 끊임없이 터져 나오는 구멍 난 갈증이다 상자들이 층층층 질주한다 적재의 방법에 대한 큰 얼개는 없다 실패 없이 이어져온 암석층 충적층 전이층 층층마다 가격표가 매겨진다 그들의 석탄층에 따라 위아래 등급이 매겨진다 척척척 복제되는 그들, 아무 데서나 짓밟히며 카드로 대체된다 그들은 암석의 틈에 있지만 어디에도 보이지 않는다 물음표가 화석처럼 떠나지 않는 그들, 물음이 향하는 표적은 늘 빗나간다 상자 속의 눈물이 무겁다 뭉개진 얼굴을 껴안고 바깥으로 뛰어내린다 그에게서 아직 단 한 번도 발견된 적 없는 동전의 그림자가 반짝 스치는 봄날의 하오

어금니

상자에도 어금니가 있다

쉽게 열리고 쉽게 닫히는 입

돌아서면 다시 빈 트럭

무덤덤 거대한 입을 벌린

바닥이 발작하며 뚫리는 날

텅 빈 내가 가득 남는다

이방인

가장 파손되기 쉬운 상품은 병든 상자다

물의 발목에 침식당한 것들
수십 개의 둥근 몸뚱어리에 갇힌 물살이
낯선 상자 속으로 끌려와
곤두선 듯 팽팽히 겨누고 있다

서로의 시선으로부터 달아나려고
물소리를 틀어놓은 컨베이어를 타고
상자들이 떠내려 온다
오늘로 들이닥쳐
내일 어딘가에서 머물 것처럼

수백 개 중의 몇몇 돌올한 상자들은
급물살의 소용돌이에 휘말려
나는 상품이 아니라고 주장하다가
추락의 얼굴을 맨바닥에 파묻는다

눈물을 흘리면서 젖어드는 상자와

골절된 병과 생생한 기억들까지
재활용 없이 파손장으로 던져졌다가
아무도 모르게 살처분된다

비로소 자기에게로 돌아가고 있다

선인장맨

나를 훔쳐다가
쳇바퀴 같은 궤도에 간신히 진입시켰다
정규직이 안정된 삶을 이끌어준다는 믿음으로
함부로 돌아가는 일터에는
감시와 쇳소리가 그치지 않았다

새소리에 익숙했던 내 몸도
언제부턴가 자꾸 못자국이 생겼다
회사가 푸석해졌다는 명분으로
살생부를 작성하는 모래의 시간

구조조정의 바람이 휘몰아치자
윗사람에게서 심지어 동료들의 몸에
성게의 가시가 돋치기 시작했다
장쾌하게 흐르던 물줄기는
하얗게 숨죽이며 멀어져 갔다

찰찰 빛나던 시간들이 퇴적의 손길로 멈추자
환상의 실재는 사막이란 것

비로소 내가 한 줌의 모래라는 것
나를 풀어 존엄한 물길을 더듬어본다

내게 박힌 무수한 가시들이
뙤약볕을 견디는 그늘이 되는 순간
황홀한 신기루가 펼쳐진다
내가 견뎌낸 가시의 자리마다
다양한 빛깔로 사막의 꽃을 피운다

환승

오늘 못자국이 수두룩했다
타이어를 뒤적거리고 있다
가파르게 차를 몰고 있다
아무리 몰아도 저녁이었다
어느 길모퉁이었는지
나사못 하나가 타이어 옆면을 물었다

못 하나 쪽으로 자동차가 기운다
하늘의 기울기를 느끼며
못 하나로 자동차를 떠받치는 건
자신을 견디는 일
고속도로를 달리는 동안 못에 박힌 채
참다 참다가 타이어 조각이
사과 껍질처럼 바닥에 나뒹굴었다

순간, 바닥이 아주 잠깐 동안
그를 몰고 있었고
처음으로 그는 아무것도 하지 않았다,
가벼워진 것들에겐 미련 없이 뽑아낸

무거운 못이 있다
못은 필생 그를 물고 있던 그림자였다

아주 잠깐 동안 그는
완전 자유롭다는 듯이
탯줄을 끊고 나온 듯이
끝의 저음처럼
저녁과 함께 밝아졌다 그가 조금씩
그 세계 쪽으로 조용히 멈춰
환승을 기다리고 있다

파손된 슬픔

당신 차에서 가스가 샙니다
새벽 두 시, 긴급 핸드폰이 울렸다
지하를 가득 채운 불안에 견인되었다

깊숙이 엎드려야 보이는 가스연료탱크
누가 저 철벽의 심장을 쪼개 먹었나
제아무리 쪼아 먹어도
다시 충전되는 슬픔 아니었나

장미꽃처럼 부시게 포장된 슬픔들이
가슴속에서만 흐르고 있었다
바깥으로 난 길은 검은 개들이 수두룩하므로
배달되지 않기 위해 주소지를 떼어버리고
시냇물 소리 꽃피는
끝없이 이어진 컨베이어 길을 따라
자유롭게 나를 과속으로 풀어놓았다

시동 걸면 폭발할지도 모릅니다
엔진 심장을 펄떡이게 해주던 내 슬픔이

너무 오래 과적해버린 검은 이빨 자국을
절벽처럼 꽉 쥐고 있다가
파손된 상자 틈새로 줄줄 새고 있었다

집으로 돌아와 꿈결 속으로 나를 주행하는데
내비게이션에서 들리는 음성
폐차장에 도착하기엔
아직도 절망이 한참 모자랍니다

잔 다르크

벌목당한 편백나무처럼 누워 있었다
거대한 톱날 앞에서
뿌리도 손발도 망각하며

무엇이 보입니까
스트레스 균에 정신이 벌목당한, 몰락 직전의 인간입니다
당신은 무얼 하고 있습니까
숲속에서 신의 계시를 듣고 있어요 같은 신을 믿는
사악한 마구니들을 물리치라고

단숨에 나라를 구했어요 신의 이름으로
세계적인 성녀로 숭배받았지만
다시 성문 바깥으로 버려졌죠
믿음이 더 우월하다고 믿는 포식자에게 벌목되었어요
신의 목소리를 들었다는 사실 때문에

말씀을 줄줄 외는 독실한 그들에겐
살아있는 신을 만나는 건 금기였죠
자기 죄를 보호받지 못하므로

신에게로 뻗은 물관과 부름켜를 토막냈죠

벽과 지붕과 침대로 만들고 나를 베고 잡니다
신은 비극과 침묵을 즐기시지만
죽지 않으니까 감사하므로

신발 공장

어두침침한 작업장엔 고무 형식의 잡초가 있다
신발 깔창의 잉여 살점이 잘릴 때마다
가위질하는 그녀의 오른손이 귀뚜라미로 얼비친다

손의 날개로 찌르 찌르르 가윗날 비비는 소리
프레스 기계, 그 쇳덩어리를 비벼서 대량으로 복제되는
깔창들
고무된 잡초들이 무쇠 목숨처럼 붙어 있다

잘라도 잘라도 다시 몰려오는
같은 머리카락 같은 각질의 잡초들
귀뚜라미가 날개에 전력을 쏟아붓고 가위질을 한다

더 우량한 몸과 짝짓기하기 위해
같은 작업장 같은 날개의 자세로
한 몸의 우주의 무게를 지고 다닐 깔창

이런 밑바닥 깔창에도
누구나 곡선을 따라 공전하지만

아직 지평선에 편히 닿아본 적은 없으리라

몸이 사막의 지평선에 가까워지듯
설핏 떠오른 쇳조각 번쩍이는 날개를 보라
늘 같은 얼굴로 필생이 잉여였던

소리의 집

수목한계선까지 가보고 싶었다
마른 트럭을 몰고

가장 잘 울린다는 나무 한 그루 벌목한다
결마다 야성의 음색이 미어지는 가문비나무

더 이상 절망할 음역대를 찾기 힘든
고지대로부터 울려오는 지극한 바이올린 음계
휘청휘청 바퀴로 실어온다

들립니까? 내 귀엔 아직 도착하지 않습니다
나무의 탈에 꼭 맞는 소리만 들리므로

어떤 소리가 나인지 너인지 모르겠다
힘겹게 벗어던진 탈에 묻어 있는 환한 얼굴들

가문비나무 가슴에 들려진
줄 하나 탈 하나 없는 바이올린을 켠다

들어도 들리지 않는

소리의 집
거기서 새 나뭇가지가 뻗고 꽃잎이 무성해진다

울립니까? 그러기엔
내 절망이 아직 너무 모자랍니다
나를 놓고 와 버렸습니다

가문비를 가득 실은 채
내게로부터 가장 먼 곳으로 가고 있었다

겨울나무

잎새들의 연주가 끝났다
텅 빈 무대엔 허기진 침묵이
바람의 살을 베어먹고 있다

그땐 몰랐다 환해진 너의 흉터
피하지도 숨지도 않았다
아무렇지도 않다는 듯

아무렇지도 않을 거라는 듯
왈칵 핏빛 무늬를 토했다
아릿한 흉터의 향기가
텅 빈 무대를 빼곡히 채운다

바람을 연주하는 건 네가 아니었다
탐실탐실 먹음직스러운 상처
너의 피 묻은 눈물을 쬐어본다
한겨울 냉가슴이 올올이 풀린다

차디찬 종소리도 풀리며
둥둥 둥둥둥
다시 북을 울리고 있었다

화살나무

우린 이미 활시위를 떠나 날아가고 있는 상자다

허공의 저항을 뚫으며 초고속 손을 뻗는 동안

완강한 동심원을 그리며 기다리는 갖가지 과녁들

뾰족해서 납작해진 감정이 팽글팽글 요동친다

우리가 다시 크고 작은 상자를 포장하는 동안

화살촉을 입에 문 새로운 얼굴들이 자라고 있다

순간의 꽃

아무도 안 보이는 텅 빈 가지에
봄만 되면 나타나는 그녀의
그녀의 그녀들이 벚나무를 뒤덮는다
맹렬하게 달린다
붉은 피가 흐르는 하얀 치마는
올해도 분홍빛이라고 대서특필된다
분명히 작년의 그녀들이 아닌데 작년의
작년과도 다른 얼굴인데
그들은 일제히 하나의 벚꽃 앞에 성스럽게 무릎을 꿇는다
당신이 너무 여성적이라고 분홍이 그리웠다고

독립기념관에서 쏟아져 나온 유관순 유관순들의
꽃잎 꽃잎 꽃잎들의
독립만세 운동이 만발한다
손에 손을 들고 흔드는 건
하얀 깃발 빨간 깃발뿐이어서

벚꽃이 제 몸을 모두 깨뜨리는 건 분홍을 떨쳐내려는 것
빨강과 하양 사이의 순간 순간 순간

나의 순간의 꽃으로 다시 돌아오려는 것
적막하게 홀로 남겨진
벚나무, 뿌리 끝까지 휘청거린다

다리

내겐 불시에 무너져 내리는 다리가 너무 많다

어떤 상황에서도 부러지지 않는 의지를 건축한다

지진이 몇 번 지나갔지만 더 견고해진다

이번엔 살점이 날아가고 뼈가 뒤틀릴 만큼 흔들렸다

집착의 틀에 달라붙어 있던 양날의 도로였다

이젠 아무도 건너지 않는 위험한 다리

내게 젖어드는 것들은 모두 물에 가라앉는다

나를 다시 가동시킨다.
모서리에 할퀴거나 쇳덩이에 부딪쳐도
한 번도 슬픈 목소리를 들킨 적이 없었다.

–「시인 에세이」 중에서

시인 에세이

존재와 시간

과녁이 된 것인가.

모든 공연 스케줄이 통째로 취소났다.

나의 다이어리엔 화살 자국으로만 수두룩해졌다.

단 하나도 살아남지 못했다.

블랙아웃. 대정전 사태가 발생한 것이다.

모든 수입이 끊겼다.

가장 힘든 알바라고 악명을 떨치고 있는 물류센터에

일용직 알바를 시작했다.

'오늘은 내가 일을 하는구나!'

눈앞에서 끊임없이 밀려오는 컨베이어 소리가

아득한 파도 같았다.

기계 소리가 이렇게 싱그럽고 청아하다니!

높은 천정 위에서는

틈새 사이로 길다란 봄 햇살이 기웃거리고 있었다.

비로소 봄의 첫날이 시작된 것이다.

물류센터 단기 알바는 철저하게 일일 시한부인생이다.
매일 아침, '내일' 알바 신청 문자를 보내야 하고
매일 저녁, '내일' 출근 확정 문자를 받아야
내일 하루만, 출근할 수 있는 시스템이다.
단순한 용돈벌이로 알바를 신청하는 이들에겐 별것 아닌 상황이지만
본업이 사라지고 알바를 해야 하는 가장에게는
다음날의 고된 노동이 살갑게 기다려진다.

물류센터에서 근무하는 나무들.
가까이 확대해보면 성한 몸 하나 없다.
세계를 꽉 채우는 허공의 컨베이어.
거기로부터 줄지어 쏟아 내리는 햇살.
전원이 켜진 잎은 작동하며 광합성을 한다.
완성된 상품은 긴 터널을 지나
더 깊은 뿌리에 상차하고 다시 돌아와
상품을 만든다. 상품은 만드는 노동 상품은
늘 상처를 달고 산다. 그럼에도 불구하고
기계처럼 다시 물류센터로 돌아와
근무를 자처한다. 생활을 안전하게 상차하기 위하여
나를 다시 가동시킨다.
모서리에 할퀴거나 쇳덩이에 부딪쳐도
한 번도 슬픈 목소리를 들킨 적이 없었다.

물류센터 앞에 말없이 울타리 주변을 서성거리다가
문득 맨바닥에 떨어져 있는 낙엽 한 잎에 시선이 꽂혔다.
노을빛을 차려입고 있는 그에게서 눈을 뗄 수 없었던 것은
바로, 제 살점이 뜯겨 나가버린 텅 빈 구멍이었다.
그 구멍의 상처가 얼마나 날카롭고 두려웠는지
온몸이 잔뜩 뒤틀려 있었다.
언제부터인가 나무를 만나면 자세히 응시하는 습관이 생겼다.
특히 구멍이 뚫려 있는 나뭇잎을 볼 때마다
내 마음도 딱따구리 부리로 뚫려버린 듯한 감정에 휩싸이곤 한다.
그런데 기이한 것은
나뭇잎의 훤해진 구멍 상처가
성스럽고 아름답게 보인다는 사실이다.
벚나무 잎은
다른 나무보다 조금 일찍 출근하여 노동을 시작한다.
한번 출근한 노동자들은
자신이 배정 받은 컨베이어 나뭇가지에 근무하면서
봄 여름이 지나도록 결코 떠나지 않다가
가을날, 일생에 딱 한 번만 퇴근한다.
그 오랜 시간이 흐르는 동안 얼마나 다리가 아팠을까.
그 얼마나 많은 상처가 지치지 않고 끈질기게 달라붙었을까.
낙엽을 바라보며, 편지글을 남겼다.

이제 퇴근하니?
노을 진 그대의 구멍 흉터 찬란하구나.
구월의 낙엽은 너무 서둘러 떠나는 별 같아 가슴 뚫려.
난 아직 출근이야.

발걸음을 옮겨 울타리를 향하다가
대여섯 개의 구멍이 숭숭 뚫려 있는 낙엽에 시선이 머물렀다.
짙은 갈색 빛깔과 구멍 난 모양새가 불현듯 연근을 생각나게 했다.
연잎과 연결된 연근을 자르면 굴처럼 뚫린 구멍이 등장한다.
연은 이 구멍으로 숨쉬기 때문에 물속에 살면서도
썩지 않고 물 위에서는 둥둥 떠다닐 수 있다.
그러고 보니 구멍이 생기를 불어넣어 주는 순기능이 있었구나.
그렇다면 나뭇잎이여. 태양을 다루는 노동자여.
그대에게서의 구멍은 무슨 유의미한 기능이 있는가.
아하. 그렇구나.
결핍도 진정한 삶을 지탱해주는 중심축이란 것을,
상처도 결코 놓쳐서는 안 될 우리 삶의 특권이란 걸
태초부터 알고 있었구나.
그랬기에 너는 한 번도 분노하거나 절망하지 않았구나.
오히려 구멍으로 오카리나를 연주했겠구나.

지금 나의 존재는 안녕하다.

나라는 존재의 골든 존은
우리라는 관계 속에서 내가 안심하고 일할 수 있는 바로 여기다.
끊임없이 돌아가는 컨베이어 소리를
쇳소리가 아닌 새소리, 시냇물 소리로 듣는다.
보이지 않는 고대 도시로부터 불어오는 신비한 바람결을 느끼며
조금씩 들썩거리며 도약을 기다리는 짜릿한 희열의 힘으로
오늘 하루도 나는 맹렬히 실존해 있다.

팔레트에 상자를 쌓아 올리는 일.
시간이라는 팔레트에
365개 박스의 하루들을 쌓아 올리는 일.
무거운 것들은 아래에
가벼운 것들은 위쪽으로
긴 것들과 비닐봉지의 사연들은 끝날 즈음에 차곡차곡.
하지만 쏟아지는 하루들은 제각기 모두 다르다.
모양, 무게, 크기, 가치,
심지어 하루들의 속도까지도
무조건 나오는 데로 쌓아야 하므로
억울하게 찌그러지거나
너무 튀어나와 버린 것들이 있고
바닥에 오래 방치된 채 먼지와 몸 섞다가
맨 마지막에야 겨우 건져지는 것들도 있다.

랩으로 시간 위에 쌓인 것들을

완전 칭칭 감고 나면 1년 시간 마감.

그런데 뒤늦게 한두 개 더 올리려다간 관리자에게 눈총 받는다.

팔레트 쌓기가 끝나면

다시 텅 빈 팔레트를 준비해야 한다.

나무들도 쌓기를 마치면 비울 준비를 한다.

RAINBOW | 100

존재의 중력

김영곤 시집